O corcunda de Notre-Dame

Victor Hugo

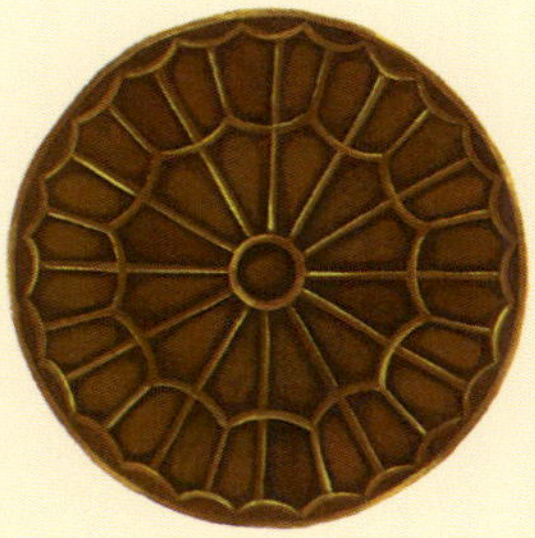

adaptação de Telma Guimarães Castro Andrade
ilustrações de Denise Nascimento

editora scipione

Gerência editorial
Sâmia Rios
Responsabilidade editorial
Mauro Aristides
Edição de texto
José Paulo Brait
Roteiro de trabalho
Sônia Aidar Favaretto
Revisão
Ivonete Leal Dias,
Rosana Leal Dias e
Thiago Barbalho
Coordenação de arte
Maria do Céu Pires Passuello
Programação visual de capa e miolo
Aída Cassiano

editora scipione

Avenida das Nações Unidas, 7221
Pinheiros – São Paulo – SP – CEP 05425-902

Atendimento ao cliente: (0xx11) 4003-3061

www.aticascipione.com.br
atendimento@aticascipione.com.br

2017

ISBN 978-85-262-8305-3 – AL

Cód. do livro CL: 737855
CAE: 262497

2.ª EDIÇÃO
7.ª impressão

Impressão e acabamento

bartira

Dados Internacionais de Catalogação na Publicação (CIP)
(Câmara Brasileira do Livro, SP, Brasil)

Andrade, Telma Guimarães Castro

O corcunda de Notre-Dame / Victor Hugo; adaptação de Telma Guimarães Castro Andrade; ilustrações de Denise Nascimento. – São Paulo: Scipione, 2003. (Série Reencontro infantil)

1. Literatura infantojuvenil I. Victor Hugo, 1802-1885. II. Nascimento, Denise. III. Título. IV. Série.

03-1045 CDD-028.5

Índices para catálogo sistemático:

1. Literatura infantojuvenil 028.5
2. Literatura juvenil 028.5

Sumário

Um corcunda chamado Quasímodo

Em 1482, Paris foi acordada pelos sinos de muitas igrejas, que tocavam ao mesmo tempo. Comemoravam-se o Dia de Reis e a Festa dos Bobos. Uma peça teatral seria apresentada ao meio-dia, no Palácio da Justiça.

Desde cedo, as pessoas esperavam ansiosas pela peça. Após o espetáculo, haveria a eleição do Rei dos Bobos, acontecimento muito comum naquela época.

– Vamos começar a peça logo! – gritava a multidão.

A peça teve início, mas foi interrompida duas vezes: pela voz do mendigo Clopin Trouillefou e pela chegada de convidados ilustres.

Depois, Jacques Coppenole, fabricante de meias, bradou:

– Chega! Vamos começar a Festa dos Bobos! Os candidatos devem colocar a cabeça em um buraco, e quem fizer a careta mais feia será o vencedor.

A peça foi encerrada, deixando o artista Pierre Gringoire muito triste.

Dois homens quebraram um dos vitrais do palácio. No buraco que foi aberto, os candidatos deveriam colocar o rosto e fazer a careta.

– O ganhador vai ser coroado o Rei dos Bobos – o povo gritava.

Em um minuto, homens e mulheres foram correndo participar do concurso. No buraco improvisado, surgiam olhos revirados, testas franzidas e línguas à mostra. O povo aplaudia e ria a valer com toda aquela estripulia.

De repente, uma careta fez calar a multidão barulhenta. Os cabelos e as sobrancelhas eram ruivos e espetados. Um olho era vesgo, o outro ficava quase oculto por uma imensa verruga. O nariz era totalmente disforme; a boca parecia uma ferradura. Tinha um único dente inteiro, como uma presa de elefante. Sua expressão era uma mistura de espanto e tristeza.

Não era possível ver pelo buraco outros detalhes que completavam a lamentável figura de Quasímodo: pernas e braços muito curtos, mãos e pés gigantes, além de uma corcova enorme, que deixava a criatura completamente encurvada.

– Já temos um rei! – uma voz quebrou o silêncio. – É Quasímodo, o corcunda de Notre-Dame! O tocador de sinos da catedral!

O senhor Coppenole aproximou-se do infeliz, exclamando:

– Você é tão horrível que merece mesmo ser o Rei dos Bobos!

Como Quasímodo parecia não entender nada, o fabricante de meias gritou:

– Não me entende? É surdo, por acaso?

– Ficou surdo de tanto tocar os sinos – uma senhora respondeu, enquanto a multidão caçoava do pobre Quasímodo. Puseram uma coroa de papelão em sua cabeça, uma capa bordada em seus ombros e um bastão dourado em suas mãos. Em seguida, colocaram-no em uma poltrona apoiada sobre dois paus e desfilaram com ele pelas principais ruas de Paris.

A linda cigana Esmeralda

O artista Pierre, perdido em seus pensamentos, só voltou a si ao ouvir os aplausos e a enorme gritaria das pessoas:

– Corram para ver Esmeralda!

– Que dia! Só me resta espantar o frio junto à fogueira da praça de Grève! – desabafou.

Era janeiro, mês de inverno em Paris, e a noite caiu rapidamente sobre as ruas da cidade. Chegando à praça, Pierre espantou-se com a multidão em volta da fogueira. O povo espremia-se para admirar uma linda dançarina de dezesseis anos.

"Que bela jovem! É uma fada ou um anjo?", pensou, encantado.

Os cabelos negros de Esmeralda brilhavam sob a luz das tochas. Ela dançava graciosamente e, a cada passo, sua saia colorida também girava, adquirindo novas cores. Seus olhos negros faiscavam e os longos cabelos brincavam com o vento. Nas mãos, agitava um pandeiro, que tilintava uma música quase mágica.

Quando a melodia acabou, palmas explodiram pela multidão. A cigana, então, sentou-se e chamou:

– Djali! – e uma cabra branca aproximou-se da jovem. – Responda: em que mês estamos?

A cabra levantou a perna da frente, batendo-a uma vez no pandeiro. Era janeiro mesmo, e o povo vibrou.

– Agora, diga qual é o dia do mês!

Djali bateu seis vezes no pandeiro, acertando novamente.

– Diga que horas são, Djali!

E, enquanto os sinos repicavam sete vezes, a cabra dava sete patadas no pandeiro.

– Bruxa! Feiticeira! – um padre de capa preta gritou.

"É melhor eu passar o pandeiro para receber uns trocados antes que esse homem que me persegue estrague tudo", Esmeralda suspirou.

Enquanto as pessoas enchiam o seu pandeiro com moedas, Esmeralda cantou uma linda canção. Ela ouviu, então, outra voz. Dessa vez, de mulher:

– Suma daqui, praga! – a voz dela parecia vir de uma caverna.

Esmeralda sentiu um frio percorrer sua espinha.

A mulher morava no porão de uma velha casa abandonada da praça de Grève e costumava gritar por entre as grades da janela.

Pierre, assustado com os gritos da velha, quase foi atropelado pela multidão, que carregava nada mais nada menos que...

– O Rei dos Bobos! – Pierre exclamou, com pena do corcunda.

Pobre Quasímodo! Ele, que só conhecia o desprezo e a humilhação, sentia-se um verdadeiro rei. Era carregado e aplaudido por pessoas que sempre o odiaram.

De repente, um homem avançou sobre o corcunda, tomando-lhe o cetro das mãos. Pierre imediatamente o reconheceu. Era Dom Claude Frollo, o cônego de Notre-Dame.

Irado, Dom Claude não só tirou o cetro do corcunda como rasgou a sua capa e a sua coroa de papelão.

Apesar das suas limitações, Quasímodo era um homem forte e tido como violento. Ao pular da cadeira, todos pensaram que o corcunda ia quebrar as costelas do cônego. Mas ele caiu aos pés de Dom Claude, como se estivesse pedindo desculpas.

O homem fez um sinal para que Quasímodo o seguisse. Algumas pessoas avançaram contra Dom Claude. Quem era ele para estragar a festa?

Quasímodo ficou à frente do cônego e não deixou que ninguém o tocasse. Depois disso, os dois caminharam em direção à catedral de Notre-Dame.

O casamento de Esmeralda

Esmeralda partiu à procura de seus amigos ciganos. Pierre, fascinado por sua beleza, decidiu segui-la.

"Ela é cigana, e os ciganos têm bom coração. Quem sabe pode me arrumar um lugar para dormir", imaginou.

A jovem caminhou por ruas e becos escuros até que Pierre ouviu uma gritaria e apressou o passo. Duas pessoas tinham agarrado a cigana.

– Socorro! – Pierre gritou por ajuda. Um dos homens era Quasímodo, o corcunda de Notre-Dame.

O corcunda golpeou Pierre, deixando-o desmaiado no chão. Enquanto isso, o outro homem, com o rosto coberto por um capuz, arrastou a cigana pelo beco escuro. A gritaria chamou a atenção de um capitão da Guarda Real, que passava pelo lugar.

– Larguem a moça, seus miseráveis! – o homem levantou sua espada, conseguindo tirar Esmeralda das mãos dos bandidos.

Muito esperto, o encapuzado conseguiu fugir. Quasímodo, porém, foi cercado por dezesseis guardas. Furioso, ele esperneava, mordia e espumava. Os guardas do rei tiveram dificuldade para amarrá-lo.

Esmeralda, sentada no cavalo do capitão, perguntou com sua voz doce:

– Qual o seu nome?

– Febo de Châteaupers, linda jovem!

– Muito obrigada por ter me salvado – ela agradeceu e correu em direção a uma ruela escura.

Quando Pierre acordou, os guardas já haviam levado Quasímodo para a cadeia. Lembrava-se do ataque à cigana, de ter sido atingido pelo corcunda e também do cônego. Mas o que Dom Claude tinha a ver com aquilo? Ainda confuso, tratou de sair daquele lugar frio, úmido e malcheiroso.

Um mendigo logo o alcançou.

– Uma esmola, pelo amor de Deus! – implorou.

O artista apressou o passo. Em seguida, esbarrou em outro mendigo, que também lhe pediu esmola. Pierre, mais uma vez, apertou o passo. Quando notou que ambos estavam atrás dele, começou a correr. Mas isso de nada adiantou. Aos dois, juntou-se outro e, em pouco tempo, Pierre Gringoire caiu no meio de uma praça, exausto.

– Que lugar é este? O que vocês querem de mim?

– Este é o Pátio dos Milagres – o primeiro mendigo disse, gargalhando.

– Bem, milagre aqui é o que não falta. Vocês foram curados – Pierre brincou, uma vez que nem cegos ou mancos corriam como eles.

O Pátio dos Milagres era o local onde os mendigos ficavam durante o dia. À noite, tornavam-se bandidos da pior espécie.

O segundo mendigo avisou Pierre que ele seria castigado por ter entrado na praça sem ser convidado.

– Vamos levá-lo ao rei – o terceiro mendigo decidiu.

Os três arrastaram Pierre até o centro da praça, onde um quarto mendigo, rodeado por outros, aquecia-se junto ao fogo.

– Quem é você? – Clopin, o rei dos mendigos, bateu o chicote no chão. – Vamos! Responda!

– Eu... sou o ator que estava representando pela manhã na festa do Dia de Reis... – tentou explicar, lembrando que aquele mendigo era o mesmo que havia atrapalhado a sua peça.

– Então merece mesmo ser enforcado! Estava horrível! – e todos caíram na risada.

– Mas há uma esperança – avisou Clopin. – Segundo a lei dos mendigos, se uma mulher de nosso grupo o quiser, estará a salvo.

As mulheres da praça não mostraram o menor interesse pelo magro Pierre e voltaram aos seus afazeres.

De repente, a cigana Esmeralda surgiu, aproximando-se de Pierre.

– Vou enforcar este homem... A não ser que você se case com ele – Clopin provocou Esmeralda.

– Pois eu me caso com ele! – Esmeralda surpreendeu a todos, principalmente ao assustado Pierre.

Clopin tirou a corda do pescoço de Pierre. Este e Esmeralda, seguindo o costume cigano, quebraram um pote de barro e tornaram-se marido e mulher.

Esmeralda fez um sinal a Pierre para que a seguisse. Os dois caminharam pelas ruelas, sempre seguidos pela cabra Djali, até que a cigana entrou em um quarto bem pequeno, onde acomodou seus pertences.

– Posso abraçar a minha esposa? – Pierre pediu com carinho.

– Não seja atrevido!

– Por que se casou comigo, então?

– Para não deixá-lo morrer enforcado – a cigana arregalou os belos olhos negros.

Pierre suspirou tristemente. Ela só o queria como amigo.

– Está apaixonada por alguém? – Pierre estava curioso.

– Pode ser que sim... Por alguém que consegue proteger-me dos inimigos... – Esmeralda sentiu o rosto ficar vermelho.

Pierre ficou envergonhado, pois não tinha conseguido proteger a cigana do ataque de Quasímodo e seu companheiro.

– Por que a chamam de Esmeralda? – quis saber.

A cigana puxou uma pequena corrente de contas por entre o decote. Ela abriu um saquinho de seda verde que havia na ponta, mostrando uma pedra também verde, imitação de uma esmeralda. Pierre quis tocá-lo, mas Esmeralda o guardou novamente, dizendo que, se fosse tocado, perderia o encanto. Em seguida, colocou comida sobre a mesa.

O artista apresentou-se, finalmente, dizendo seu nome e sobrenome. Contou a Esmeralda que era órfão desde pequeno. Enquanto ele falava e comia, a jovem perguntou:

– O que significa o nome Febo? – Ela não parava de pensar em Febo de Châteaupers, o capitão da Guarda Real.

Pierre explicou que Febo queria dizer "Sol", em latim. A cigana suspirou, encantada com a resposta.

"Casado, sem mulher e sem cama para dormir", Pierre pensou, desolado. Depois, ajeitou-se no chão e caiu em um sono profundo.

Abandonados

No século XV, a cidade de Paris era um emaranhado de ruas estreitas, apinhadas de casas desordenadas. A catedral de Notre--Dame, localizada numa ilha do rio Sena, se destacava em meio a tudo.

Após uma missa de Pascoela, ou quasímodo, o primeiro domingo depois da Páscoa, uma criança foi encontrada logo à entrada da catedral. Era assim que muitas mães abandonavam seus bebês, quando não podiam ou não queriam criá-los.

Um jovem padre, ao ouvir o choro de uma criança, foi até ela na entrada da catedral.

– Tenho que adotar esta criança! Ninguém mais o aceitaria – ele embrulhou o bebê em sua batina e levou-o consigo.

Dom Claude Frollo era um homem incomum. Rico e inteligente, pertencia à nobreza. Órfão desde criança, tinha herdado muitas propriedades de família. Falava muito bem e seus modos eram perfeitos. Aos dezoito anos, não era apenas padre, mas advogado, médico e falava várias línguas. Aos vinte, já era o mais novo cônego de Notre-Dame.

"O pobrezinho é muito deformado, mas é bem alegre!", concluiu, batizando-lhe Quasímodo, em homenagem àquele domingo. Esse nome, em latim, significa "do mesmo modo". Assim pensando, Claude queria dizer que todos, do mesmo modo, são seres humanos e merecem ser bem cuidados.

Desde pequeno, Quasímodo costumava pendurar-se nas cordas dos sinos para que eles tocassem. Isso era a única coisa que o deixava feliz. Como passava a maior parte do tempo na catedral, conhecia todos os corredores, escadarias e esconderijos.

Dom Claude ensinou o que pôde ao pobre jovem, que, aos catorze anos, já estava bem surdo, devido ao barulho dos sinos. Como Quasímodo pouco ouvia, passou a falar ainda menos.

As pessoas fugiam dele por causa de sua feiura, e ele passou a desprezá-las também.

Mas havia alguém a quem Quasímodo amava mais do que tudo. Era Dom Claude Frollo, seu pai adotivo, por quem nutria imensa gratidão.

No ano de 1482, Quasímodo tinha dezesseis anos e Claude Frollo, trinta e seis. O cônego havia se tornado um homem sombrio, que fazia a maioria das pessoas tremer de medo. Além disso, tinha pavor de mulheres e de ciganos.

Para fugir dos problemas do dia a dia, Dom Claude dedicou-se aos estudos da ciência, da astrologia e da alquimia.

Nos últimos tempos, o cônego arrumou um quarto secreto no alto da torre. Diziam que era lá que praticava suas feitiçarias. Às vezes, quando as pessoas olhavam para o alto e viam uma luz vermelha, logo pensavam:

"Só pode ser coisa do feiticeiro Dom Claude e do demônio do Quasímodo!"

As construções ao redor da praça de Grève, que ficava às margens do rio Sena, eram bem sombrias. Uma delas mais parecia um buraco e acabou sendo chamada de "toca dos ratos".

Fazia dezesseis anos que o lugar era ocupado por uma mulher que chamavam de Gudule, tida como louca. Toda vez que via ciganos na praça, gritava e chorava, dizendo que eles haviam matado a sua filhinha. Seu verdadeiro nome era Paquette la Chantefleurie.

Quando jovem, Gudule tinha sido belíssima. Um dia, um grupo de ciganos chegou à sua cidade. A moça, curiosa, correu até eles para que lessem a sua sorte, deixando seu bebê dormindo. Quando voltou para casa, encontrou, em vez de sua linda filha Agnès, um embrulho sobre a cama. Ao desenrolá-lo, viu uma criatura horrenda e deformada. Tudo o que restava da menina era um dos seus sapatinhos de cetim cor-de-rosa.

– As feiticeiras transformaram meu bebê nesse monstro! – gritava apavorada.

Alguns vizinhos, que haviam visto ciganos entrando e saindo da casa de Chantefleurie com um embrulho, ficaram com pena dela e a levaram até um acampamento desse povo, bem próximo dali. Lá encontraram somente restos de uma fogueira. Ao lado, fitas da roupa de sua garotinha, esterco de cabra e marcas de... sangue!

Na manhã seguinte, os cabelos de Chantefleurie estavam brancos. Ela fugiu para Paris, onde enterrou-se viva na toca dos ratos. Nunca mais saiu de lá. Passava os dias agarrada ao sapatinho que restou da filha.

Quanto ao monstrinho abandonado que deixaram no lugar de Agnès, alguém levou-o à escadaria da catedral de Notre-Dame. E assim Claude Frollo o adotou e fez com que ele se tornasse o sineiro da catedral.

Um castigo para Quasímodo

A sala do tribunal onde Quasímodo ia ser julgado estava cheia de gente. Muitos estavam ali apenas em busca de diversão.

O juiz Robert d'Estouteville, muito sério, perguntou a Quasímodo:

– O que foi que você fez?

O pobre corcunda, achando que lhe perguntavam o nome, respondeu:

– Quasímodo.

A plateia caiu na risada, mas o juiz não achou a menor graça.

– Está zombando de mim, seu patife?

– Sou... sou o sineiro da... da catedral de Notre-Dame – tentou explicar.

– Pois então vai ganhar uma surra de sinos nas costas, está me entendendo? – gritou.

– Se quer saber... minha idade... Acho... que logo vou fazer dezesseis anos... – Quasímodo concluiu.

– Você está brincado comigo?! Miserável! Guardas! Levem o acusado à praça de Grève. Amarrem-no à roda e, enquanto ela gira, receberá chicotadas por uma hora! – ordenou.

Algumas pessoas riram impiedosamente com a sentença.

Uma multidão já estava reunida na praça de Grève. Todos queriam ver o condenado. Lá estava a roda de madeira, sobre o pelourinho, esperando por Quasímodo.

Assim que ele chegou em uma carroça, escoltado por guardas, as pessoas começaram a gritar. Umas aplaudiam e outras gargalhavam. Em um dia, o corcunda foi transformado em uma espécie de herói e aclamado rei, mesmo que de mentirinha. No outro, o pobre coitado sofria humilhações.

Enquanto um soldado da Guarda Real lia a acusação, outros três rasgavam a roupa do condenado e o prendiam à roda. O corpo do infeliz giraria junto com ela, e todos poderiam vê-lo e ouvir seus gritos de dor.

A multidão se calou à chegada do carrasco. Ele empunhou o chicote, acionou uma alavanca de madeira e pôs a roda para girar. Na primeira chicotada, o corcunda soltou um gemido esquisito. Depois, enfurecido, tentou soltar as correias que o prendiam. Como nada conseguiu, entregou o corpo aos castigos.

Depois de uma hora, suas costas e ombros pingavam sangue.

Quasímodo olhou em volta. Sentia muita dor... E ódio daquelas pessoas que riam dele. O infeliz sentiu um nó na garganta e pediu água. Mas tudo o que conseguiu foram algumas pedradas.

O pobre homem continuava com sede, até que sentiu água fresca em seus lábios. Era Esmeralda, a cigana que ele havia tentado raptar, quem lhe dava de beber. Em vez de vingar-se, ela saciava a sua sede. Lágrimas rolaram dos olhos de Quasímodo. A plateia, comovida, começou a gritar:

– Viva a cigana Esmeralda!

A louca Gudule viu Esmeralda. Como odiava todo e qualquer cigano, gritou:

– Maldita ladra de crianças! – sua voz fez calar os aplausos e saudações. – Um dia verei você aí em cima, no pelourinho!

Esmeralda sentiu um arrepio de medo e desceu a escada, tratando de sair daquele lugar o mais rápido possível.

O amor secreto de Esmeralda

O mês de março, início da primavera parisiense, era propício para as conversas nas varandas. Principalmente na casa da rica família Gondelaurier. Era lá que a jovem Fleur-de-Lys e suas amigas costumavam conversar animadamente.

Enquanto as jovens conversavam e bordavam, a viúva Aloïse de Gondelaurier, mãe de Fleur-de-Lys, falava com o noivo da filha, o capitão Febo.

Apesar de o noivado ter sido arranjado, como era costume na época, a viúva acreditava que o rapaz estivesse apaixonado por sua filha, o que não era verdade.

– Não acha Fleur-de-Lys uma verdadeira princesa? Existe moça mais bela que minha filha? – perguntava.

O sono e o desinteresse do capitão Febo foram interrompidos pelos gritos de uma das moças, que, da sacada, tinha avistado uma dançarina na praça. Fleur-de-Lys lembrou-se de que o noivo havia socorrido uma cigana e disse:

– Aquela não é a tal cigana que você salvou há uns dois meses? – perguntou, enciumada.

– Acredito que sim – ele apertou os olhos para ver melhor. – E a cabra que a acompanha está junto – concluiu.

Enquanto eles admiravam a linda dança de Esmeralda, Aloïse notou a presença de um homem em uma das torres da catedral de Notre-Dame.

– É o cônego Claude Frollo! – Fleur-de-Lys confirmou. – E ele está olhando para a cigana de um jeito estranho. Isso é um mau sinal. Todo mundo sabe que Dom Claude odeia os ciganos.

– É uma pena que ele não goste dela... Vejam como dança bem! – uma das moças comentou, encantada. Ela decidiu chamar a cigana. Já que Febo a conhecia, era só convidá-la para subir.

Quando Esmeralda aproximou-se, reconheceu no capitão o homem que a salvou. Seu rosto ficou tão vermelho que parecia pegar fogo. Febo lhe fez sinal para que subisse.

Quando entrou na varanda, as mulheres espantaram-se com sua beleza. Apesar das roupas finas, das belas joias e dos elaborados penteados que usavam, não chegavam aos pés de Esmeralda. Além disso, a cigana possuía uma luz própria, que irradiava dos olhos, dos longos cabelos, dos dentes brancos e até da roupa barata, mas vistosa.

– Que linda moça, não? – o capitão perguntou à noiva, deixando-a morta de inveja.

A viúva fez um sinal para que a cigana se aproximasse.

– Está lembrada de mim? – Febo quis saber.

– Estou, sim! – Esmeralda confirmou.

Fleur-de-Lys notou que a cigana estava encantada por seu noivo e comentou, com ironia, que ela tinha boa memória.

O moço, enfeitiçado pela beleza da cigana, quis saber por que ela estava com pressa naquela noite.

– Teve medo de mim?

– Medo do senhor? Oh, nunca! – Esmeralda estava emocionada, o que despertava mais ciúme em Fleur-de-Lys.

– No seu lugar ficou um horrível corcunda. E ele foi castigado, como deve saber.

– Coitado! Tive pena dele... – Esmeralda quase chorou.

Enquanto o capitão e Esmeralda falavam sobre Quasímodo, as jovens, invejosas, falavam mal das roupas da cigana.

– Ai! O que é isso atrás de mim? – a viúva gritou de repente ao sentir algo movendo-se na sua saia. Era a cabra Djali, que tinha seguido Esmeralda. A cigana pegou a cabra no colo, fazendo-lhe carinho.

Fleur-de-Lys pegou o saquinho que Djali trazia junto ao pescoço e perguntou:

– O que é isso?

– Um segredo só meu! – Esmeralda respondeu com voz firme.

A viúva, impaciente com a presença da cigana, quis saber o seu nome.

– Esmeralda.

Todos caíram na risada. O nome dela era muito engraçado.

Enquanto isso, a mais jovem das moças, encantada com a cabra, abriu o saquinho amarrado ao pescoço do animal. Eram plaquinhas de madeira, cada uma com uma letra gravada. Ao vê-las esparramadas, Djali ordenou-as com a patinha.

– Vejam o que a cabrinha fez! – a garota exclamou.

– Tem certeza de que foi ela? – Fleur-de-Lys nem conseguia falar, de tanto ódio. – É esse... é esse o segredo, então?! – e desmaiou.

– Febo! É o nome do capitão! – as amigas exclamaram ao mesmo tempo.

Enquanto a viúva acudia a filha, Esmeralda, morta de vergonha, recolheu as plaquinhas do chão. Em seguida, desceu as escadas com Djali no colo.

O capitão Febo não sabia se socorria a noiva ou corria atrás da bela cigana. Finalmente, saiu em disparada atrás de Esmeralda.

Uma cilada para Esmeralda

Dom Claude Frollo estava em seu quarto secreto, na catedral de Notre-Dame. Aguardava a visita de Jacques Charmolue, procurador do rei e encarregado de arrancar confissões de pessoas acusadas de praticar feitiçaria. A cigana Esmeralda estava em sua lista.

Assim que entrou no quarto, o procurador contou a Dom Claude que ainda não tinha conseguido a confissão da cigana...

– Se quiser, posso mandar prendê-la – sugeriu.

– Ainda não. Aguarde as minhas ordens – Claude abaixou o tom de voz.

O cônego estava próximo à porta da catedral e estremeceu ao ouvir o nome do capitão Febo de Châteaupers, que conversava com um amigo. Os dois combinavam ir à taverna mais próxima para brindar o encontro.

Claude resolveu seguir os dois.

No caminho, Febo contou ao amigo que tinha um encontro com uma cigana às sete horas.

Os rapazes beberam até as sete, quando Febo lembrou-se do encontro com a cigana e despediu-se do amigo.

Apesar da escuridão, o capitão notou que estava sendo seguido. Não conseguiu ver o rosto do estranho, que se cobria com uma capa. Febo apertou o passo e, virando-se bruscamente, deu de cara com ele.

– Se quer me roubar, está perdido. Não tenho uma moeda sequer – avisou.

O homem encapuzado agarrou o braço do capitão:

– Não quero roubá-lo, capitão Febo. Muito pelo contrário. Sei que o senhor tem um encontro com a cigana Esmeralda. E lhe ofereço algum dinheiro, desde que eu possa ver a mulher...

O capitão concordou e, assim, os dois seguiram até o lugar combinado para o encontro.

Lá chegando, Febo bateu à porta da frente e uma velha desdentada veio abrir, mostrando-lhe uma saleta. O outro homem ficou do lado de fora, espiando por uma fresta na parede.

A velha recebeu a moeda pelo uso da saleta e a colocou em uma gaveta. Um rapazinho muito esperto, que estava logo atrás dela, trocou a moeda por uma folha de bétula seca. Nem a mulher nem o capitão perceberam a troca.

Quando Esmeralda entrou, Febo ficou maravilhado com a sua beleza. Ela parecia muito envergonhada por encontrar-se às escondidas com ele. Enquanto o capitão lhe beijava as mãos, os olhos dela se encheram de lágrimas.

– Fiz uma promessa... Se algum homem me tocasse, nunca mais encontraria meus pais.

– Eu não entendo muito de promessas – Febo respondeu.

– Fiquei apaixonada assim que o vi. Foi amor à primeira vista! – Esmeralda não podia mais esconder o que sentia.

– Ah, minha querida... vou beijá-la!

– Sim... – ela estava quase sem fala. – Mas diga que me ama de verdade.

– É claro que a amo, querida Turmalina... Quer dizer, Hermengarda...

Febo não se lembrava do nome da cigana, e isso a decepcionou um pouco. Mas, mesmo assim, ela falou:

– Gostaria de aprender tudo sobre a sua religião. Assim, quando nos casarmos na sua igreja...

– Casar? O nosso amor não precisa de tal prova, querida... Esmeralda! – e Febo beijou os lábios da jovem.

A cigana, envergonhada, tentou soltar-se do abraço do capitão.

– Estou vendo que não me ama! – Febo exclamou.

– É claro que amo! Minha família não me importa mais... Só você, meu amor...

Esmeralda olhou para cima e viu um rosto no vão do telhado. Era Claude Frollo, o homem misterioso, com uma expressão cheia de ódio. Ele tinha presenciado suas declarações de amor e ficou enlouquecido de ciúme.

Mas a cigana nem pôde gritar ao ver que o cônego tinha um punhal na mão, pois ele avançou pelo telhado e enterrou-o nas costas de Febo.

Esmeralda desmaiou em seguida. Quando acordou, tinha a roupa ensanguentada e estava rodeada de guardas. O capitão Febo, banhado em sangue, tinha sido levado dali. No telhado, nenhum sinal de Claude. Havia somente um grande buraco e uma capa preta caída no chão.

– O que aconteceu aqui? – alguém perguntou.

– Uma bruxa apunhalou o pobre capitão – respondeu um dos policiais.

Esmeralda sentiu-se fraca e perdeu os sentidos novamente.

O julgamento

Um mês se passou. Pierre Gringoire, Clopin e os outros mendigos do Pátio dos Milagres estavam preocupados com o desaparecimento de Esmeralda. Isso nunca tinha acontecido antes.

Certo dia, quando o artista passava em frente ao Palácio da Justiça, notou que havia muitas pessoas à porta. Perguntou, então, o que estava acontecendo.

– É hoje o julgamento da mulher que falaram que matou um capitão da Guarda Real. Deve ser uma bruxa, porque Jacques Charmolue está estudando o processo – alguém respondeu.

Pierre resolveu juntar-se aos curiosos para assistir ao julgamento da acusada. Ela estava de costas para o público, sentada na frente dos juízes e jurados.

A primeira testemunha foi chamada. Era a proprietária da casa onde o corpo do capitão tinha sido encontrado. Ela contou tudo o que sabia, mas acrescentou alguns detalhes que deram à história um ar de mistério.

Todos ouviram em silêncio. Em seguida, o juiz dirigiu-se à velha:

– E o que a senhora fez com a moeda que o capitão lhe deu?

– Guardei-a em uma gaveta e, no dia seguinte, quando fui pegá-la, encontrei uma folha seca no lugar. Coisa de bruxa!

Os presentes começaram a cochichar. Aquilo parecia mesmo feitiçaria.

– A senhora trouxe a folha seca que encontrou? – ele pediu à velha.

A mulher entregou a folha ao oficial, que declarou ser de bétula, uma das plantas preferidas por feiticeiras. Segundo o capitão Febo de Châteaupers, um homem de capa preta, que mais parecia um fantasma, tinha lhe dado uma moeda. Graças à magia da cigana, o metal havia se transformado em uma folha seca.

Quando ouviu o nome de Febo, a acusada ficou em pé. Pierre a reconheceu imediatamente, apesar do olhar sem brilho e dos cabelos despenteados.

– Febo! Ele está vivo? Digam! Onde ele está? – ela começou a gritar.

Jacques Charmolue, o procurador do rei, levantou-se para dizer à cigana que Febo estava morrendo. Esmeralda, quase sem cor, apoiou-se na cadeira para não cair.

– Que entre a segunda acusada! – o presidente do tribunal ordenou.

A cabra Djali entrou no salão, puxada por um guarda. Assim que viu sua dona, saltou até ela. Mas Esmeralda, pálida, não fez um carinho sequer no animalzinho.

O procurador então sacudiu o pandeiro para a cabra, fazendo-lhe as mesmas perguntas que a cigana costumava fazer a Djali em suas apresentações na praça. Sim, Charmolue também assistia à cigana, mas sempre escondido para que ninguém o visse. Quando ele colocou as plaquinhas com as letras no chão, a cabra formou o nome que aprendera: F-E-B-O.

– Como puderam ver, senhores, a cigana é uma bruxa. E a sua cabra tem um pacto com almas de outro mundo.

E, dirigindo-se à cigana, o procurador acusou:

– Você enfeitiçou sua cabra e apunhalou o capitão Febo de Châteaupers na noite de 29 de março. O que tem a dizer em sua defesa?

– Eu sou inocente! – Esmeralda gritou.

– Então explique o que aconteceu nessa noite – ele continuou.

– Foi tudo culpa de um padre... Um padre que me persegue há tempos... – a jovem gaguejou.

O procurador decidiu que a cigana devia ser torturada, pois continuava negando a autoria do crime. Dessa forma, diante de uma plateia silenciosa, Esmeralda foi levada à câmara de tortura, nos porões do Palácio da Justiça. O torturador colocou suas pernas dentro de duas botas de madeira e ferro.

– É culpada ou inocente? – o procurador do rei perguntou.

– Sou inocente! – Esmeralda gritou o mais alto possível.

A um sinal de Jacques Charmolue, o torturador rodou os ferros, e as botas começaram a apertar os pés da moça. Como ela continuava se declarando inocente, a tortura prosseguiu, cada vez mais forte, até que ela assumiu o crime que não tinha cometido.

Esmeralda não se importava com mais nada. O procurador do rei passou a ler uma declaração, assinada pela acusada:

– "Confesso minha participação em sessões de bruxaria. Tenho contato com o mundo das trevas por meio de uma cabra, que é a própria encarnação do mal. Confesso também que, com a ajuda de uma alma do outro mundo, assassinei o capitão Febo de Châteaupers, no dia 29 de março de 1482."

A cigana e sua cabra foram condenadas à morte. Seriam enforcadas na praça de Grève, mas antes Esmeralda seria levada à catedral de Notre-Dame para confessar o seu crime e pedir perdão a Deus.

Quasímodo salva Esmeralda

Depois de muitos dias numa cela escura, Esmeralda já nem se lembrava da luz do sol. Sua cama era um monte de palha, e seus únicos alimentos eram pão e água.

Uma tarde, a cigana recebeu uma visita em sua cela. Era um homem encapuzado e vestido de preto. A moça perguntou:

– Quem é você?

– Sou padre. Você está preparada?

– Preparada? Para quê? – ela perguntou, num fio de voz.

– Para morrer.

– Quando vai ser?

– Amanhã – a voz do padre era seca.

– Podia ser hoje. Tanto faz. – Esmeralda tremia.

– Por que você quer apressar sua morte?

– Prefiro morrer logo a ficar nesta cela escura e fria.

– Mas eu posso tirar você daqui... – o homem agarrou o braço da cigana.

Ao sentir aquele toque gelado, Esmeralda saltou para trás.

– Quem é você?

Quando ele tirou o capuz, Esmeralda exclamou, horrorizada:

– Você! O padre que me persegue! Assassino! Vi quando apunhalou Febo pelas costas! Veio me matar? Faça isso agora – ela soluçava.

– Você me acha tão horrível assim? – Claude Frollo indagou.

– Tenho pavor de você! Por que me odeia tanto? O que lhe fiz de mal?

O cônego ajoelhou-se, emocionado:

– Eu a amo desde o primeiro dia em que a vi. Fiquei enfeitiçado pela sua beleza e deixei todos os meus estudos, meus pensamentos mais puros, as coisas de Deus... Fuja comigo, eu imploro! Vamos, antes que seja enforcada! – Claude Frollo levantou-se, abriu a porta da cela e tentou arrastá-la para fora.

– O que... o que aconteceu com meu capitão? – a cigana gaguejou.

– Ele não merecia você. Enterrei-lhe o punhal com toda a força. Está morto – o cônego respondeu.

– Morto? Pois eu também prefiro morrer a seguir um assassino! – e Esmeralda o empurrou.

Claude Frollo levantou-se e, sem olhar para trás, fechou a cela, trancando Esmeralda novamente.

A cigana caiu em um choro profundo durante horas, até que, soluçando, dormiu. Mal sabia ela que Febo tinha sobrevivido à punhalada. O juiz e o procurador do rei estavam mais interessados em condená-la do que em saber se o capitão estava vivo ou morto.

Já recuperado e com medo de passar ridículo no tribunal, Febo deixou Paris. Depois de dois meses, decidiu visitar a noiva e fazer as pazes com ela. Ao vê-lo tão formoso em sua farda, Fleur-de-Lys desmanchou-se em sorrisos. Febo mentiu para a jovem, dizendo que tinha adoecido por causa de um ferimento em um duelo, e isso a impressionou bastante.

– Por que toda essa gente na frente da catedral? – Febo tentou mudar de assunto.

– Ouvi dizer que vão enforcar uma bruxa – ela apontou para os guardas a postos. – Olhe, ela está chegando em uma carroça. Meu Deus! É a cigana que esteve aqui. Ela e a cabra!

O capitão Febo engoliu em seco e retirou-se da varanda. Enciumada, Fleur-de-Lys lembrou-se dos comentários das amigas. "Dizem que a cigana está sendo acusada de apunhalar um oficial muito bonito. E se o oficial for o meu noivo?", entrou na sala e puxou o rapaz para a varanda. Queria ver a sua reação.

Ele sentiu um nó na garganta ao ver a linda cigana na carroça. Por um momento, teve vontade de correr até lá e salvá-la. Mas logo mudou de ideia.

Esmeralda chorava baixinho e esperava pelo seu momento final. Alguns religiosos chegaram perto dela. Seus olhos se arregalaram de pavor. O primeiro deles era o padre que a odiava!

Ele ordenou:

– Peça perdão a Deus pelos pecados que cometeu!

Em seguida, cochichou ao seu ouvido que ainda poderia salvá-la da forca. Esmeralda não lhe deu atenção.

Dom Claude, enlouquecido de raiva, olhou para cima. Ao virar o rosto, viu que Febo estava vivo, na varanda de uma casa bem próxima. Louco de ciúme, pediu que levassem a condenada à praça de Grève sem demora e retirou-se para a catedral.

Com ódio da cigana que recusava seu amor, afastou-se o mais longe possível daquela confusão.

"Quero estar longe quando tudo acabar", pensou, enquanto vagava pelas ruas.

Esmeralda, ao erguer os olhos para o céu em busca de salvação, avistou o capitão Febo na varanda. Ele estava acompanhado da mesma jovem daquele dia.

– Todos mentiram para mim! Febo está vivo! – e começou a gritar o nome do amado.

O capitão, constrangido por ter sido reconhecido pela cigana, retirou-se da varanda. Que golpe terrível para Esmeralda!

Os guardas, seguindo as ordens de Jacques Charmolue, já iam levar Esmeralda e Djali à praça de Grève e prosseguir com a execução. Mas alguém surgiu, preso a uma corda que vinha de uma das torres da catedral. Com golpes certeiros, derrubou todos os guardas de uma vez só. Em seguida, aquele monstro das torres colocou a cigana nos ombros e correu com ela para dentro da catedral.

– Esmeralda! Salvem Esmeralda! – a multidão aplaudia e gritava.

Com a cigana no colo, o corcunda deu as costas para aquele povo que gritava e entrou na catedral. Sentia-se vitorioso por impedir o enforcamento de Esmeralda.

Um amigo fiel

Quasímodo escondeu Esmeralda no alto de uma das torres da catedral de Notre-Dame. Em seguida, deitou-a em uma cama e desatou as cordas que prendiam suas mãos.

Ao abrir os olhos, a jovem percebeu que estava na catedral e que tinha sido salva pelo corcunda. Lembrava-se de Dom Claude e também de Febo, que estava junto de outra moça. Mesmo com medo de Quasímodo, criou coragem e perguntou:

– Por que você me salvou?

O corcunda não entendeu, e Esmeralda repetiu a pergunta. Triste e assustado, Quasímodo virou as costas e desceu as escadas. Depois de algum tempo, voltou. Ele trazia roupas.

A cigana esperou que Quasímodo saísse novamente e vestiu uma roupa... de freira.

Quasímodo voltou trazendo comida.

– Primeiro, você come. Depois, dorme... – ele até tentou sorrir.

Esmeralda quis agradecer, mas não conseguiu encará-lo. Ele era horrível demais.

– Não tenha medo – a voz de Quasímodo era rouca. – Não me olhe. Sei que sou feio. Fique aqui durante o dia. À noite, pode sair para dar uma volta. Mas não saia nunca da catedral. Senão, matam você.

Esmeralda estava quase chorando quando notou que Djali a tinha seguido. Alguém havia libertado a sua cabra.

A cigana abraçou o animalzinho. Depois, dormiu a noite toda. Só acordou com o sol batendo em seu rosto... e com o olhar carinhoso do corcunda de Notre-Dame. Ficou arrepiada diante de tanta feiura.

Quasímodo percebeu sua repulsa e, de costas para ela, avisou:

– Vou ficar escondido.

Com pena, Esmeralda pediu que ele se aproximasse. Mas Quasímodo não obedeceu e continuou de costas. Só então a moça percebeu que ele talvez fosse surdo.

A cigana tocou levemente as costas do corcunda, e ele se virou para ela. Realmente era surdo e, por isso, falava com dificuldade. Explicou a Esmeralda que podia compreender o que ela falava por meio do movimento dos seus lábios.

– Por que você me salvou? – a jovem quis saber.

– Eu raptei você naquela noite. Fui açoitado, você me salvou e me deu água. Por isso, também salvei você – ele respondeu, comovido. – Tome esse apito de prata e toque quando precisar de ajuda. De onde estiver, eu ouvirei o seu som estridente – e Quasímodo despediu-se. Pela primeira vez, Esmeralda sentiu ternura por ele.

Algum tempo depois, a cigana começou a passear pelas torres. Quasímodo estava sempre com ela.

Um dia, quando estava à janela, o coração da cigana encheu-se de alegria. O capitão Febo aproximava-se da casa da viúva, montado em seu cavalo. Desesperada, começou a gritar o seu nome, mas Febo não podia ouvir nada lá embaixo.

"Queria ser como ele... bonito", Quasímodo levou as mãos à cabeça, desolado.

Para acalmar Esmeralda, ele prontificou-se a ir buscar o capitão. A cigana, louca de alegria, agradeceu:

– Vá depressa! Corra... Antes que ele entre na casa daquela mulher.

Quando o rapaz saiu e se preparava para desmontar de seu cavalo, Quasímodo segurou as rédeas. O capitão o reconheceu e, irritado, mandou que o corcunda o deixasse em paz.

– Venha comigo. A mulher que o ama quer falar com o senhor.

Impaciente, Febo respondeu que era noivo e que iria se casar.

– Mas é a cigana Esmeralda, senhor – Quasímodo explicou.

– Ela morreu enforcada, seu monstro! – Febo deu um pontapé no peito do infeliz, cavalgando em disparada.

“Ela o ama e ele a ignora. Como eu gostaria de estar em seu lugar!”, Quasímodo voltou para a catedral. Lá chegando, achou melhor mentir para Esmeralda, dizendo que não encontrou Febo.

– Da próxima vez, eu o trarei até aqui... – gaguejou.

Pobre Quasímodo! Dormia no chão frio, na entrada do quarto de Esmeralda, vigiando, tomando conta... Amando!

Não demorou muito tempo para que Dom Claude Frollo ficasse sabendo que Quasímodo tinha salvado Esmeralda e que o odiado capitão ainda estava vivo. Com a mente transtornada, trancou-se em seu quarto secreto e dali ficava observando o esconderijo da cigana.

Um dia, decidiu espiá-lo de perto. Saiu de seu quarto com uma lamparina e uma cópia da chave do quarto de Esmeralda. Abriu a porta devagarinho e entrou.

A cigana, mesmo sonolenta, ouviu o cônego se aproximando. Sentou-se na cama e, ao vê-lo, exclamou:

– Assassino! Saia daqui! Vá embora!

Dom Claude tentou beijá-la, mas a cigana conseguiu se soltar.

– Eu só quero que você goste de mim! – o cônego implorou, tremendo e soluçando ao mesmo tempo.

Esmeralda, apavorada, esticou o braço e alcançou o apito que Quasímodo lhe deu. Era a sua salvação. Soprou com toda a força e, em um instante, o corcunda surgiu na cela. Ele encostou uma faca na cabeça de Dom Claude e empurrou-o para fora.

À luz do luar, viu que o homem que ameaçava com uma faca era seu pai adotivo. Na mesma hora, largou Dom Claude e ajoelhou-se, pedindo perdão.

– Pode me matar... – o corcunda lhe ofereceu a própria faca.

Mas, antes que Dom Claude fizesse alguma coisa, Esmeralda, muito rápida, tirou a faca das mãos de Quasímodo, provocando o cônego:

– Venha me pegar, mentiroso! Sei que Febo não morreu.

Louco de ódio, Dom Claude chutou Quasímodo, que caiu no chão. Em seguida, desceu as escadas falando coisas que ninguém entendia.

O corcunda devolveu o apito a Esmeralda, que voltou à cela, jogou-se na cama e caiu em um choro profundo.

Um exército de mendigos

Não muito distante dali, os ciganos falavam de Esmeralda. Estavam aliviados porque, mesmo escondida na catedral, ela continuava viva.

Certo dia, Dom Claude encontrou Pierre por acaso, perto de Notre-Dame. O artista já sabia que a jovem cigana tinha se escondido na catedral. O cônego, muito esperto, inventou que a justiça mandaria enforcá-la em três dias.

– Há tanta maldade neste mundo. Se Febo está vivo, por que ainda querem enforcá-la? – Pierre suspirou.

– Ela salvou a sua vida um dia, não foi? – lembrou Dom Claude.

Pierre lembrava-se, claro. Disposto a fazer alguma coisa para salvar Esmeralda, ouviu o plano do cônego. Mas mal sabia ele, coitado, que Dom Claude mentia.

O artista ouviu tudo com atenção, mas achou o plano muito arriscado. E pensou em uma alternativa mais fácil para que nada acontecesse a ele. Como os ciganos tinham adoração por Esmeralda, fariam qualquer coisa para ajudá-la.

Assim que Pierre explicou o seu plano, despediu-se de Dom Claude.

"Amanhã tudo estará resolvido!", o cônego estremeceu de tanta felicidade.

Enquanto isso, como Pierre acreditava, Clopin, o rei dos mendigos, reuniu o seu bando. Todos queriam salvar Esmeralda. Ficou combinado que, à meia-noite, iriam armados com paus, martelos, foices, facas, pás e lanças até a catedral. Chegando lá, arrombariam as portas e salvariam a cigana.

Naquela noite, Quasímodo fez a ronda de sempre. Revistou as torres, espiou Esmeralda e deu uma última olhada para fora da catedral.

"O que são aquelas sombras lá na frente?", desconfiado, resolveu esperar mais alguns minutos na janela.

As sombras foram se definindo... Em poucos minutos, uma verdadeira multidão se juntou na frente da catedral. Eram centenas de mendigos. Quasímodo não sabia o que fazer. Acordar Esmeralda? Chamar Dom Claude? Lutar sozinho e ser morto em poucos segundos?

Clopin segurava uma tocha e gritou bem alto:

– Senhor cônego... Sabemos que Esmeralda está aí e que será enforcada dentro de três dias. Se quiser salvar a sua catedral, devolva nossa cigana!

Como não obteve nenhuma resposta, o mendigo ordenou que derrubassem a porta da frente de Notre-Dame.

Lá de cima, o corcunda atirou uma pesada tranca de madeira sobre os mendigos, matando quem estava embaixo. Depois, enquanto os mendigos investiam contra a porta da catedral, Quasímodo atirava pedras, ferindo muitas pessoas.

Clopin apertou os olhos para enxergar melhor e olhou para cima. Era Quasímodo, em uma das torres, que atacava todo mundo.

Mal entraram na catedral e Quasímodo surgiu. Ele achou que seu fim estava próximo, até que avistou, através de uma janela quebrada, cavalos se aproximando. Era o capitão Febo e os soldados da Guarda Real!

A batalha durou horas. Os mendigos lutaram com unhas e dentes, mas os soldados estavam em maior número e mais bem armados. Ajudados pelo povo, eles venceram os ciganos.

Quasímodo gritou de felicidade e, erguendo os braços, correu para avisar a cigana que tudo estava em paz. Mas, ao abrir a porta do quarto, viu que Esmeralda não estava lá dentro.

Um mistério é esclarecido

Esmeralda acordou assustada com os gritos dos mendigos. Estava ajoelhada na cela, pedindo a proteção de Deus, quando Pierre Gringoire e um homem encapuzado entraram.

– Você corre perigo! – Pierre avisou. – Mas meu amigo e eu vamos salvá-la!

Esmeralda, temendo que as pessoas que queriam invadir a catedral quisessem levá-la à forca, obedeceu e seguiu os dois, junto com Djali.

Ao chegarem a uma porta secreta que levava até o rio Sena, um barco os esperava. O encapuzado os conduziu a bordo e começou a remar.

Quando chegaram à outra margem, Esmeralda desceu do barco. Mas, ao olhar para trás, viu que nem Pierre nem Djali estavam ali.

O homem misterioso puxou a cigana, arrastando-a até a praça de Grève. Tirou o capuz e a cigana, aterrorizada, reconheceu Dom Claude. Ela exclamou:

– Você de novo!

– Escolha, Esmeralda: ou eu ou a forca!

A cigana, caindo aos pés da forca, disse que preferia morrer a unir-se a um assassino e que jamais se casaria com um homem tão mau. O cônego, furioso por ter sido rejeitado mais uma vez, algemou-a à força e entregou-a à louca da toca dos ratos, que odiava os ciganos.

Gudule agarrou Esmeralda, enquanto Dom Claude saiu em busca dos guardas.

– Finalmente você será enforcada! – Gudule ria de felicidade.

– O que foi que eu fiz para merecer o seu ódio?

Sem soltar o braço de Esmeralda, a velha contou que sua filhinha tinha sido roubada por ciganos. Se estivesse viva, teria a idade de Esmeralda.

– Veja! Isto é tudo o que sobrou da minha filhinha – mostrou o sapatinho.

Esmeralda estremeceu e levou a mão ao pescoço. Abriu o saquinho e tirou um pé de sapatinho, igual ao de Gudule. Junto dele, tinha um papel com os dizeres:

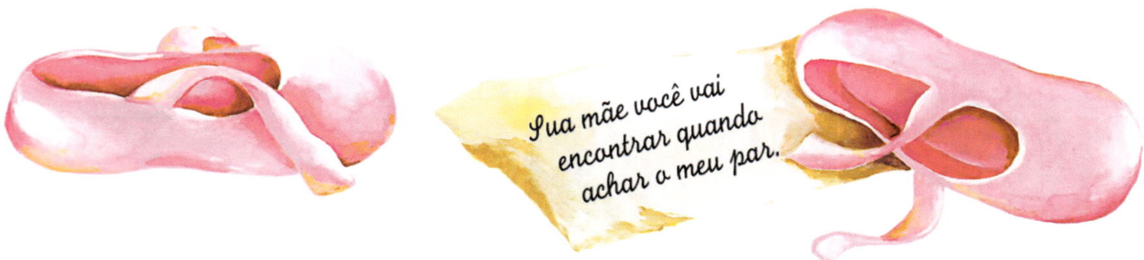

A velha, mais do que depressa, comparou os dois sapatinhos. Eram exatamente iguais!

– Minha filha! Minha filha! Encontrei minha filha! – não parava de chorar.

– Mamãe! Esperei tanto por este momento.

Gudule procurou uma pedra e, com ela, arrebentou as correntes das algemas. Finalmente, podia abraçar e ser abraçada pela filha desaparecida. Como ela tinha ficado linda!

Porém os guardas se aproximavam e era preciso esconder sua filha. Depois de escondê-la em um canto escuro da toca dos ratos,

Gudule mentiu aos guardas, dizendo que a cigana tinha fugido. Eles já estavam partindo quando Esmeralda reconheceu uma das vozes. Era o seu amado capitão!

– Febo! Venha me salvar! Estou aqui na toca dos ratos! – gritou.

Mas Febo já havia partido e foi o juiz, Robert d'Estouteville, quem ouviu o pedido de Esmeralda. Ele voltou e ordenou que mãe e filha fossem enforcadas.

Gudule tentou defender Esmeralda dos guardas, mas não conseguiu. Apelou então para os sentimentos dos soldados. Falou do desaparecimento de sua filha e do tão sonhado reencontro.

– Lamento, senhora, mas preciso obedecer às ordens que recebi – um soldado respondeu.

O carrasco separou mãe e filha, levando a jovem para o pelourinho. Gudule conseguiu fugir do guarda que a prendia e mordeu a mão do carrasco. Os outros guardas a puxaram, jogando-a longe.

De onde estava, Esmeralda percebeu que a mãe não se mexia mais. Estava morta. Sentindo-se fraca, deixou que o carrasco colocasse logo a corda em seu pescoço. Queria que aquele pesadelo acabasse logo.

O casamento de Quasímodo

Quasímodo começou a procurar Esmeralda desesperadamente, mas não a encontrou de jeito nenhum. Subiu até uma das torres e avistou Dom Claude ajoelhado, olhando para a praça, do outro lado do rio.

"O que ele tanto olha?", estranhou.

O corcunda viu, então, que era um enforcamento. A moça já estava morta e parecia-se com... Esmeralda.

Quasímodo ficou aterrorizado porque, mesmo diante daquela tragédia, Dom Claude tinha um grande sorriso nos lábios. Acreditando ser ele o culpado pela morte da cigana, o corcunda lançou-se sobre o cônego, jogando-o torre abaixo. Ele ainda deu um grito, logo sufocado por uma rajada de vento. Seu corpo foi rodando no espaço até cair, sem vida, no telhado de uma casa.

Quasímodo olhou para o corpo de Dom Claude e, depois, para o de Esmeralda, estendido sobre o tablado. Ele chorava e repetia:

– Aqueles que amei estão mortos...

Quando os guardas recolheram o corpo do cônego, procuraram pelo corcunda também, mas ele tinha desaparecido por completo.

A cigana Esmeralda foi sepultada em um cemitério, junto a outros enforcados.

Pierre Gringoire, agora "viúvo", conseguiu salvar a cabra Djali. Mais tarde, tornou-se um famoso autor de teatro.

O capitão Febo teve um final triste e merecido: casou-se com Fleur-de-Lys, que lhe atormentou até a morte.

Depois de dois anos, um fato estranho aconteceu. No cemitério dos enforcados, encontraram dois esqueletos abraçados. Um deles, de mulher, conservava pedaços de uma roupa branca, de freira, e tinha enrolado junto ao pescoço um saquinho de seda verde. O outro esqueleto era de um homem muito deformado. Ele não tinha fraturas no pescoço, como a mulher. Não foi enforcado. Quis apenas morrer abraçado a quem amou.

Quando os guardas tentaram separá-lo do esqueleto que abraçava, desfez-se em pó.

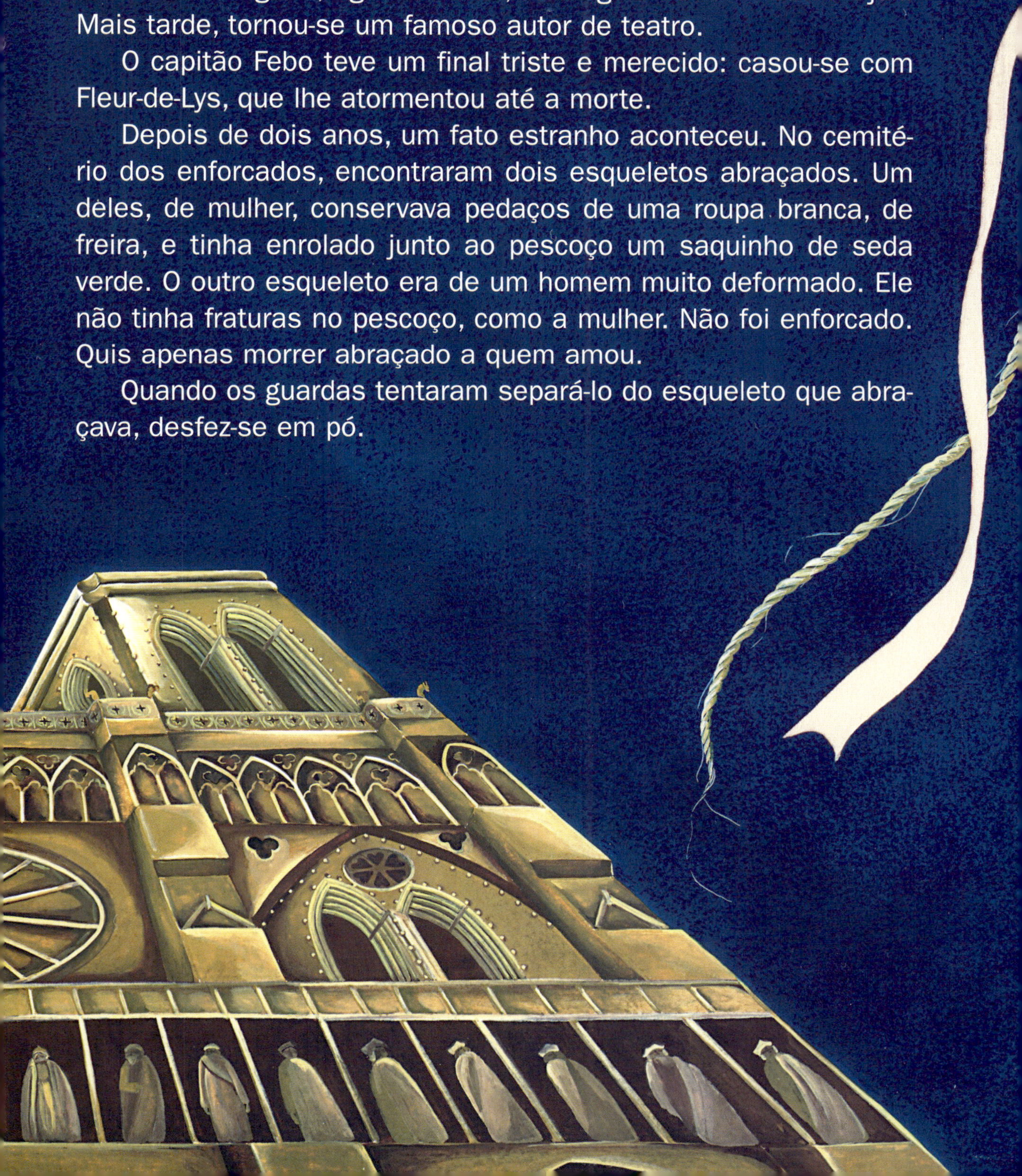

Quem foi Victor Hugo?

Victor Hugo nasceu em 26 de fevereiro de 1802, em Besançon, na França. Em 1812, quando os pais se separaram, mudou-se para Paris com a mãe e os irmãos.

O amor de sua mãe pelos livros acabou por inspirar o mesmo sentimento em Victor Hugo. Desde a adolescência, ele queria ser escritor.

Em uma visita à catedral de Notre-Dame, avistou a seguinte inscrição em uma das torres de pedra:

'ΑΝΑΓΚΗ

Aquelas letras gregas, que formavam a palavra "fatalidade", o impressionaram. Ele queria saber, a todo custo, quem a tinha escrito e por quê.

Em 1830, assinou um contrato milionário para escrever um romance histórico tendo como palco a monumental catedral de Notre-Dame. Seis meses depois, publicava *O corcunda de Notre-Dame*, cuja adaptação você acabou de ler.

Em 22 de maio de 1885, Victor Hugo faleceu, aos 83 anos.

Quem é Telma Guimarães Castro Andrade?

Telma mora em Campinas, mas nasceu em Marília, também no interior de São Paulo. Ela costuma falar assim de sua terra natal: "Tenho muita saudade de lá. Todo mundo se conhece, rola aquele papo gostoso na casa dos amigos, dos irmãos (tenho dois), o cafezinho coado na hora, o bolo quente feito pela minha mãe, o escritório do meu pai cheio de livros e de chocolates para os netos. Foi nesse ambiente cheio de carinho, amor, muitos parentes e muitos livros que eu cresci (e continuo crescendo)".

Telma é autora de mais de 100 obras dedicadas às crianças e jovens, sem contar os paradidáticos em inglês e de religião. Pela Scipione, publicou, entre outros títulos, *Tião Carga Pesada*; *Tem gente*; *O canário, o gato e o cuco*; *Agenda poética* e *Viver um grande amor*. Para a Reencontro Infantil, adaptou *Robin Hood*, *Sonho de uma noite de verão*, *O conde de Monte Cristo*, *Os três mosqueteiros* e *Hamlet*.

O corcunda de Notre-Dame

Victor Hugo

adaptação de Telma Guimarães Castro Andrade
ilustrações de Denise Nascimento

Quasímodo, o corcunda de Notre-Dame, é temido e desprezado pelas pessoas por causa de sua feiura. A beleza de Esmeralda encanta a todos, mas o ciúme doentio de um admirador faz com que a moça seja condenada à morte por um crime que não cometeu. Descubra por que Quasímodo enfrentou a tudo e a todos para salvar a vida da linda cigana.

REENCONTRO INFANTIL

editora scipione

Os cenários e a época

1 Este mapa do século XV mostra que a divisão política da Europa já foi muito diferente do que é hoje.

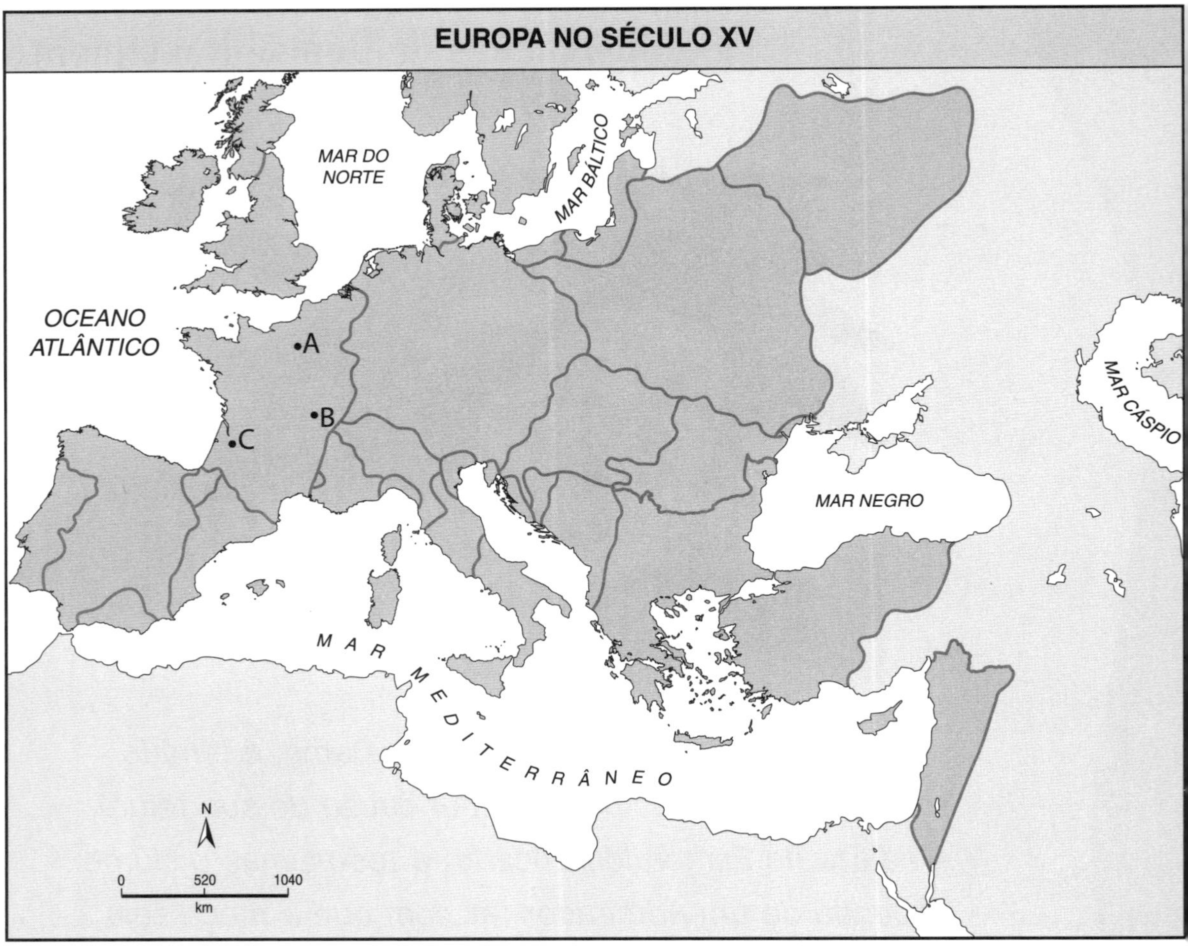

a) Localize e pinte a França. Use a cor que preferir.

b) Os pontos A, B e C indicam três grandes cidades francesas. Circule o que localiza Paris.

c) Consulte um atlas geográfico e compare o mapa acima com o da Europa atual.

2 Vários são os cenários parisienses onde se desenrola a ação da história. Vamos recordá-los? Escreva, no mapa abaixo, o nome dos lugares em que ocorreram os acontecimentos descritos.

a) Uma peça teatral é apresentada.

b) Esmeralda dança para a multidão em volta de uma fogueira.

c) Uma criança é abandonada na escadaria.

d) Esmeralda salva Pierre da forca e se casa com ele.

3 Um importante rio atravessa Paris, formando ilhas pela cidade. Em uma delas, localiza-se a catedral de Notre-Dame. Como se chama esse rio?

____

4 Em 1482, ano em que se passa a história, era comum os sinos das igrejas anunciarem casamentos, mortes e até mesmo ataques de inimigos às cidades. No primeiro capítulo do livro, os sinos de Notre-Dame tocaram para convocar a população para duas festas: o Dia de Reis e a Festa dos Bobos.

a) A Festa dos Bobos era um divertimento popular. Como era comemorada?

____

____

____

____

b) Cite três feriados brasileiros que são celebrações do calendário cristão.

____

____

____

____

Os personagens

1 Complete as lacunas com o nome dos personagens. Em seguida pinte-os com cores bem alegres.

a) ______________________, autor da peça encenada no início da história.

b) ______________________, noiva de Febo.

c) ______________________, cônego de Notre-Dame.

d) ______________________, capitão da Guarda Real.

e) ______________________________, corcunda de Notre-Dame.

f) ______________________________, cigana dançarina.

g) ______________________________, rei dos mendigos.

h) ______________________________, procurador do rei.

2 Agora, relacione os objetos a seguir a seis dos oito personagens do exercício anterior.

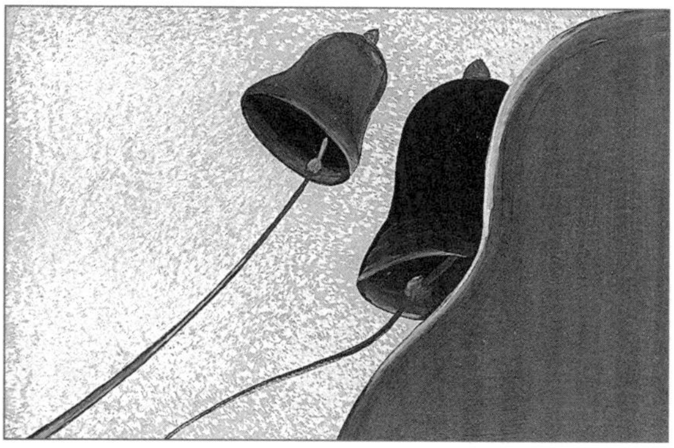

sinos da catedral

____

capuz preto

____

joias e roupas finas

____

pandeiro

____

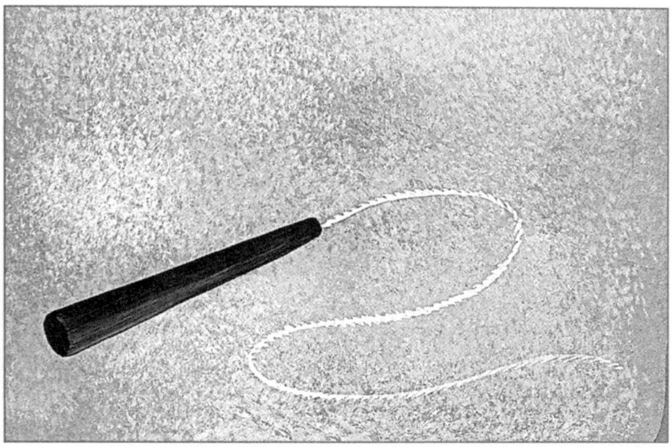

chicote

____

cavalo e espada

____

3 Paris é conhecida como cidade-luz. Esmeralda também possuía "luz própria". O que você entende por essa expressão?

___

___

___

4 A feiura de Quasímodo, o corcunda de Notre-Dame, impedia que as pessoas se aproximassem dele e enxergassem suas qualidades.

a) Para você, qual é a maior qualidade do corcunda? Por quê?

___

___

___

b) Procure no livro uma passagem que demonstre a qualidade que você escolheu e transcreva-a abaixo.

___

___

___

5 De qual personagem você mais gostou? Por quê?

6 Desenhe o personagem de que você menos gostou. Não vale copiar das ilustrações!

7. Alguns personagens foram julgados e condenados à força ou a castigos físicos. O que você pensa sobre isso?

8. Esmeralda usava um saquinho pendurado no pescoço, que era uma espécie de amuleto. O que havia dentro dele?

Os fatos da história

1 Uma sucessão de desencontros e infortúnios determina o destino dos personagens deste livro. Complete as lacunas de acordo com as informações que o texto oferece.

a) Gudule não conseguiu criar sua filha, Esmeralda, porque os ______________ a raptaram, deixando em seu lugar uma criatura horrenda e deformada, que depois foi abandonada nas ______________________________.

b) ______________ amava Esmeralda, mas não era correspondido. Por causa da aparência do corcunda, a moça sentia ______________ dele.

c) Dom Claude Frollo, que era ______________ de Notre-Dame, também amava a cigana, mas ela não o queria e o acusava de ser o assassino de ______________, que, na verdade, não havia morrido.

d) Febo sentia-se atraído por ______________, que o amava, mas acabou se casando com ______________, cujo noivado tinha sido ______________, como era costume na época.

e) Esmeralda e sua mãe, ______________, se reconheceram e se abraçaram, mas acabaram ______________ no final da história.

2 Como você pôde observar, esta história não teve um final feliz. Você conhece outras histórias com finais parecidos com esse?

____

____

____

____

3 O que levou Quasímodo a matar o homem que o adotou, o cônego Claude Frollo?

____

____

____

____

____

____

4 Por que a catedral de Notre-Dame foi atacada pelos mendigos?

____

____

____

____

____

____

5 O diagrama a seguir mostra como os bairros parisienses são agrupados atualmente. Circule as letras que formam a palavra que representa o motivo de muitas condenações à força na época em que se passa a história do corcunda de Notre-Dame. Escreva a palavra na linha abaixo do diagrama.

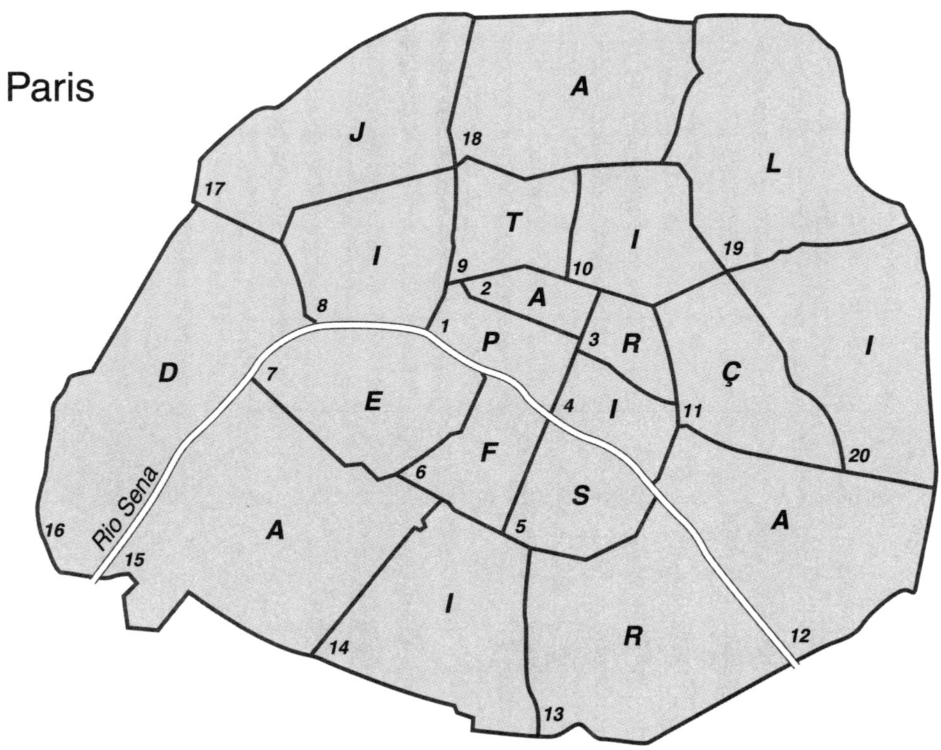

____

6 O que aconteceu com o corcunda de Notre-Dame após a morte de Esmeralda?

____

____

____

____

Ampliando o texto

1 As palavras de significados opostos são chamadas de antônimos. Escreva o antônimo de cada uma das seis palavras abaixo.

beleza ______________________

pobreza ______________________

castigo ______________________

alegria ______________________

amor ______________________

justiça ______________________

2 Faça uma pesquisa sobre a vida dos ciganos, especialmente sobre sua relação com a música e a dança. Registre abaixo o que você descobriu.

____

____

____

____

____

____

____

____

3. Nesta história, vimos que a aparência de Quasímodo assustava as pessoas. Você já teve medo de alguém por causa de sua aparência? Como lidou com isso?

____

4. Reescreva com suas palavras o trecho da história em que Esmeralda encontra sua mãe.

5. Escreva um texto parecido com o que está nas costas do livro, indicando a história para outros leitores. Use sua imaginação para convencê-los a ler. Cuidado para não contar o final!

6 O que poderia acontecer se Quasímodo conseguisse salvar Esmeralda? Pensando nessa possibilidade, redija um novo final para O corcunda de Notre-Dame.

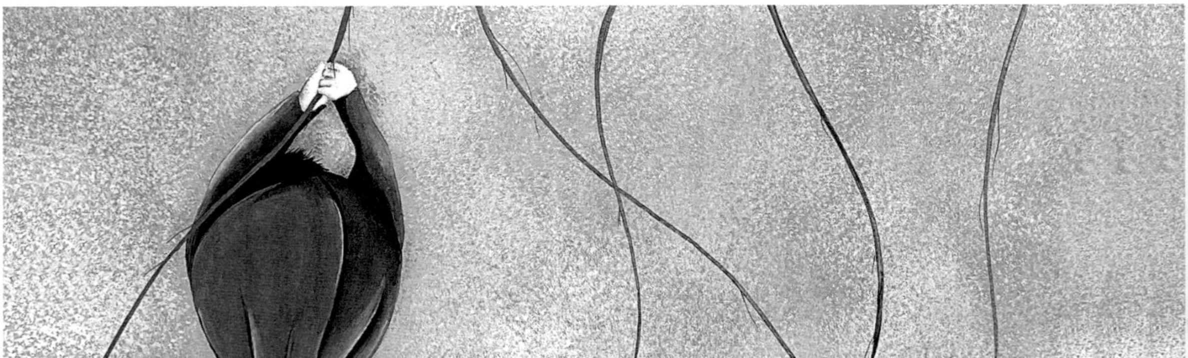